雪の日の五円だま

ぶん・山本なおこ
え・三輪さゆり

竹林館

絵童話　雪の日の五円だま

もくじ

雪の日の五円だま

雪の日の五円だま

わたしは小学校時代を、富山《とやま》市の二俣《ふたまた》というところですごしました。

それまでは大阪《おおさか》にいたのですが、母がむねの病気《びょうき》で死《し》んでしまったあと、父のうまれ故郷《こきょう》である、この富山にひっこしてきたのです。わたしが一年生の秋でした。

ここへきて、父がまっさきにしんぱいしたことは、わたしが、このいなかのあたらしい学校をいやがらないか、ということでした。

この父のしんぱいには、わけがあったのです。わたしが、うまれつきのどもりだったからです。おまけに、ひどいなきむしでした。

こんなふうでしたから、大阪にいたときもそうでしたが、冬になっても、わたしには、なかのいい友だちなど、ひとりもできませんでした。

それればかりか、わたしはよく、「よそっ子、よそっ子。」といってからかわれ、道ばたにはえている「ひっつきむし」という草の実《み》を、せなかにつけられたりしました。おなじ家に住《す》むいとこの朝雄《あさお》ですら、あまり、わたしとはあそびたがりませんでした。

それでは、父がしんぱいしたとおり、わたしは学校へいくのをきらったかというと、そうではありませんでした。いいえ、それどころか、わたしはよろこんで、まい朝でかけたのです。

そのわけは、うけもちの先生が、とてもすきだったからです。

背《せ》がすらっと高くて、とてもうつくしい先生でした。秋原章子《あきはらしょうこ》というのが先生の名まえですが、ほかの先生たちも生徒《せいと》たちも、「秋原先生」とはよばないで、なぜか、みんな「章子先生」とよんでいました。

やさしい先生でした。わたしも子ども心《ごころ》に、(ほんとうに先生は名まえとピッタリだ)と思い、ねむるときなど、なんども(章子先生、章子先生)と、心のなかで、くりかえしつぶやいたものでした。

しかし、わたしがおとなになって、おかあさんになってからも、こんなにもよく章子先生のことを思いだすのは、たぶん、これからはなす、小さなできごとのためだったのでしょう。

教室にはストーブが、あかあかともえていました。こんなさむい日には、章子先生は、思いきり石炭《せきたん》をなげ入れてくださるのでした。

五時間めは、国語の時間でした。

「きょうは『にんぎょひめ』という本をよんであげましょうね。これは、デンマークのアンデルセンという人がかいたお話ですよ。」

章子先生が、にこにこしながらおっしゃいますと、みんなは、うれしがって手をたたきました。そして、からだをまえにのりだすようにしていいました。

「わあっ！」

「先生、はやく、はやく。」

わたしも、ものがたりがすきで、家でもよくよみましたが、章子先生によんでいただくときのうれしい気もちとは、くらべものになりません。しずかなやさしい声、ゆっくりとページをくられる、白くてうつくしいゆび、ときおり本から顔をあげて、耳をすましているみんなに、にっこりとほほえまれるときのすずしい目――すると、わたしには章子先生が、まるで、ものがたりのなかにでてくる人のように思えてくるのです。

「さあ、もうおしまいですよ。」

章子先生がパタンと本をとじられると、みんなは、ほおっとひとつ、ためいきをつきました。

「先生、にんぎょひめ、しあわせにならんとおしまいけ？」

「そんなの、かわいそうや。」

みつるとひさ子が、ふへいそうにいいました。すると、みんなもおなじ気もちで、口ぐちに、このかなしいお話のことをいうのでした。

章子先生は、そんなみんなに、だまってうなずいておられました。

わたしは、目をとじるとなみだがこぼれてくるような気がして、じっと目を大きくあけていました。

するとそのとき、カランカランと、かねがなりました。もう、かえるしたくをする時間です。

と、なにげなく、うわっぱりに手を入れたわたしは、おやっ、と思いました。すべすべしたビロードのポケットのなかで、右手がカチンと、かたいものにさわったからです。

とりだしてみると五円だまです。これはきのう、たまごを買いにいったごほうびに、おばあさんからもらったものでした。

いまの子どもたちにとっては、五円だまなど、たいしたねうちはないかもしれません。しかしそのころは、ぼうのついたコンペイトウなら、ふたつ買えましたし、小さいのでがまんすれば、べいごまだって買うことができました。

ですから、その五円だまは、わたしにとってはたいせつなものでした。おばあさんだって、ほんのたまにしかくれません。

けれども、五円だまにほってあるイネのほをじっと見ていたわたしのむねに、このとき、ある考えがうかんだのです。この考えのために、わたしのむねはうちなり、五円だまをにぎっている手は、じっとりあせばんできました。「さようなら」のまえの章子先生のお話も、ろくすっぽ耳に入りませんでした。

わたしは、「さようなら」がすんで、みんなが、ぞろぞろろうかへでていくのを、しばらくのあいだ見おくっていました。

それから、おずおず章子先生のまえにいくと、いつものことですが、なかなかでてこないさいしょの音を発音《はつおん》するために、右足をトントンふみつけながら、

「せ、せ、せんせい、あ、あのう、こっ、この五円だま、かいだんのところにおちていました。」といったのです。

タカオ

「そう。ありがとう、なおこちゃん。気をつけておかえりなさいね。」

章子先生は、うつくしいてのひらを、そっとおだしになりました。

わたしはそのてのひらに、ぽちんと五円だまをおくと、いそいで教室のそとにでました。そして、ランドセルの上から、あかいマントをすっぽりかぶると、雪のなかへとびだしました。

かすかに章子先生にふれたゆびのところだけが、じいんとあったかくなってきたような気がします。ながぐつの下で、雪がサクサク音をたてて、わたしのむねのドッキンドッキンといっしょになって聞こえます。

わたしはひとりでに、にこにことわらえてきて、雪のなかなのにスキップしてみたくさえなりました。

わたしは道みち、とても幸福《しあわせ》でした。

（章子先生の、あの、白くてやさしい手にさわったんだ！　わたしにだけ、はなしてくださったのだ。いさむや、みつるや、ときちゃんみたいに、章子先生のおひざにのらなくてもいい。わたしは、白くてうつくしいゆびにさわったのだもの。）という思いが、くりかえしくりかえし、あふれてくるのです。

そのため、わたしはきっと、いつもの倍《ばい》よりもはやく、道をあるいたのでしょう。ふと、顔をあげると、いさむがこっちを見て、雪のなかにつったっているのが見えました。

わたしがおどろいていると、いさむは、へんにおこったような、それでいて、わらっているような顔をして、わたしのところまでひきかえしてきました。

「おい、なおこ。あの五円だま、はじめは、もらっておくつもりだったんだろう。」

わたしはすぐには、なんのことかわからず、キョトンとしていましたが、あわてて、くびをよこにふりました。

「うそこけ！　じゃ、なんで、すぐ先生にわたさねえで、ポケットさ、しまっておいたんだ。おれ、ちゃあんと見てたんだぞ。わたそうか、もらっておこうか、考えていたげな。左手にやったり、右手にやったりして…。それに、まるで、うそこくときみてえにあげなあかい顔をして、ふるえながら、やっとこさ先生にわたしたでねえか。」

わたしはあまりのことに、びっくりしてしまいました。

（そんなんではないの！）

と、心のなかではつよくうちけしているのですが、ことばにはなりません。だまったまま、うつむいてしまいました。

すると、いさむは、さもまんぞくしたように、

「うそこきなおこ、どもりのなおこ！」

といいすてて、さっさとかけていってしまいました。

わたしは、ひどくかなしくなってきました。ひとりだけのひみつだと思っていたのに、となりの席《せき》のいさむが、ちゃあんと見ていたのです。

みんなかえったと思っていたのに、いさむがまだのこっていて、わたしの話を聞いていたのです。わたしはむねがドキドキしていたので、すこしも気がつかなかったのにちがいありません。

スキップをふんでいた足が、きゅうにのろのろとなりました。なんてことでしょう！　まるっきり思いもよらぬことを、いさむはいうのです。

ずんずんとおくなっていくいさむのうしろすがたを、ぼんやりと見ていたわたしのむねに、このとき、ふいと、ある疑問《ぎもん》がうかんできました。

それは、

（もしかしたら、章子先生も、そう思われたかもしれない。）

ということです。

ふるえて、まっかな顔をしていたといいますから、いつもの国語のろうどくのときより、ずっとひどかったにちがいありません。

それに、ひょっとしたら、背の高い章子先生は、わたしが五円だまをポケットからだして、左手にやったり、右手にやったりしていたのを、ごらんになったかもしれません。

そう思うと、わたしは、たまらない気もちになってきました。

（ひきかえそうかな。そして、いさむのいうようではなく、その五円だまは――。）

けれど、このあと、なんていったらいいのでしょう。わたしは、うそをついたんですもの。わたしは雪道に立ちどまったまま、道のわきのふったばかりの雪に、サクサクとほそい道をつけました。

（いいえ、章子先生は、そんなこと思われるはずがない。）

と、うちけしてみても、どもって、まっかになっているじぶんのすがたを思いうかべると、わたしはまた、そう思わずにはいられないのでした。

あかいマントに、あとからあとからおちてくるぼたん雪を見ていると、いっそう、すっぽりとマントのなかに身《み》をかくしてしまいたい気もちでした。

むねが、しくんしくんとふるえてきます。ながぐつの上に、なみだがひとしずく、ポトリとおちました。

どもりで、なきむしだったわたしは、大きくなってからも、なんどか、この雪の日のように、じぶんの気もちをまちがって人にうけとられて、かなしみました。すると、きまって、この雪の日の五円だまのことを思いだしました。

雪道に立ちどまったまま、ぼたん雪のおちてくるのを見ていた、小さなわたしを思いだすのです。

そして、章子先生を思うとき、章子先生はけっして、わたしが五円だまをもらうつもりだったなどとは考えもされなかった、と思えてくるのです。

いいえ、そればかりか、わたしの気もちをよく知っていてくださって、わたしの手であったかくなった五円だまを、だまってやさしくうけとられたのではないか、とさえ思えてくるのです。

するとわたしは、いつのまにか、かなしさをわすれてしまうのでした。

わたしはおかあさんにもなりましたが、わたしのうまれた大阪で、小学校の先生にもなりました。ふとんのなかで目をつむると、うっすらとした雪げしきのなかに、あの鍛冶川《かじがわ》にそった学校にいく一本道や、カヤぶきの家のあかりが、ほおっとうかんできます。

そして、わかくて、うつくしかった章子先生のよこがおがうかんできます。

わたしが小学校の先生になったのは章子先生が大すきだったからだということを、あのときのわたしも章子先生も、考えてみもしないことでした。

かおる先生のカバン

かおる先生のカバン

入学式《にゅうがくしき》のつぎの日です。

かおる先生が、カバンをかかえて、教室へ入ってきました。

みんなは、びっくりしました。

なんて大きなカバンでしょう。なんてりっぱなカバンでしょう。チョコレート色をしていて、ぴかぴかの金のとめがねがついています。

「先生、なにが入っているの?」

元気のいいブンちゃんが、まっさきに聞きました。

「なんだと思う。あててみて。」

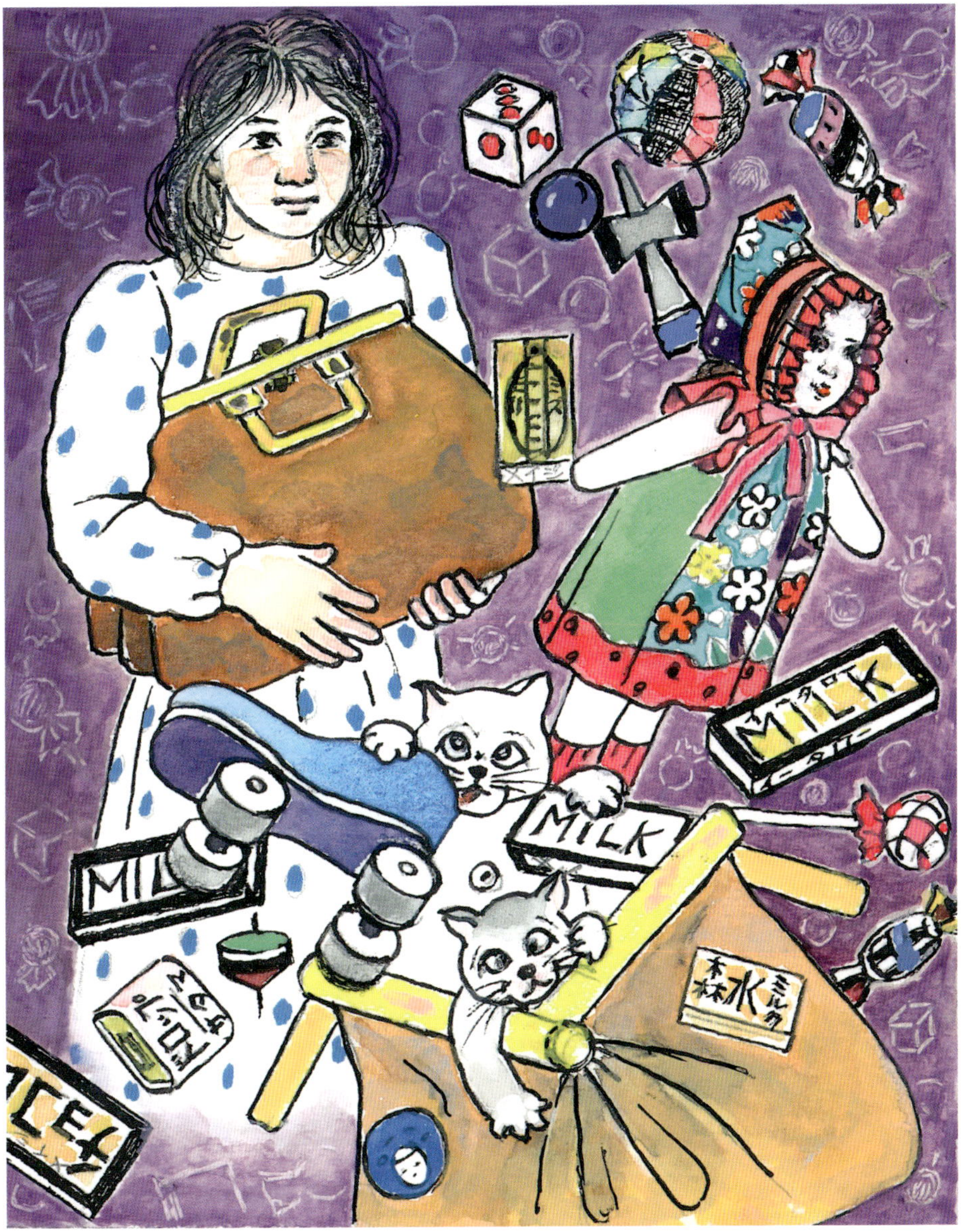
MILK
MILK
MILK

かおる先生は、にこにことみんなを見まわしました。

「いいもの？」

カッチンが聞きました。

「もちろん、いいものだわ。」

かおる先生は、きっぱりとこたえました。

「チョコレートがいっぱい！」

セイちゃんがさけびました。

「ざんねんでした。はずれ。」

かおる先生は、首をふりました。

「こねこちゃん？」

しげこちゃんが、そっと聞きました。

「いいえ。」

かおる先生も、そっと首をふりました。

「びっくりばこ！」

「ローラースケート！」

みんなは、きょうそうのようにして、つぎつぎといいました。

「どれもあたっていないわ。」

かおる先生がざんねんそうにいいました。

「先生、はやくあけてみせて。」

ブンちゃんがさいそくしました。

すると、かおる先生は、いたずらっぽくわらって、こういったのです。

「このカバンはね、じゅもんをかけないとひらかないの。さ、かけるわよ。

グー、チョキ、パーの。」

かおる先生は、カバンの上で、そのとおりに手を動《うご》かして、さけびました。

「ぱららっこぱん！」

ぱっとカバンがひらきました。

中から出てきたのは――、
一まいの黒い布《ぬの》でした。

みんながふしぎそうに見ていると、かおる先生は、それをオルガンの上にふわりとかけました。

つぎに、かおる先生は、あかいずきんをかぶったにんぎょうをとりだしました。

「わあ、あかずきんちゃんだ！」

「わかった！　先生、にんぎょうげきをやってくれるんだね！」

みんなは、手をたたいたり、つくえをドンドンやったりしました。

かおる先生は、カバンの中から、オオカミやらおばあちゃんやらおかあさんやらを、つぎつぎととりだしました。

「さ、にんぎょうげきのはじまりよ。」

かおる先生はいって、さっとオルガンのかげにかくれました。

「あかずきんちゃん、森のおばあちゃんのところまで、おつかいにいってちょうだい。みちくさをしてはだめよ。わるいオオカミがいるかもしれないわ。」

「はあい。いってきます。」

かおる先生は、とてもじょうずでした。おかあさんはおかあさんらしい声で、あかずきんちゃんはあかずきんちゃんらしくかわいい声で。

さて、話はどんどんすすみ、おばあちゃんを食べたオオカミは、あかずきんちゃんも食べてやろうと、びょうきのおばあちゃんになりすまして、ベッドの中で待《ま》ちぶせしていました。そこへ、あかずきんちゃんがやってきました。

「あかずきんちゃん、あぶない！」

しげこちゃんが立ちあがってさけびました。

「ね、ね、おばあちゃんのおめめは、どうしてそんなに大きいの？」

「おまえをよく見るためだよ。」

「ね、ね、おばあちゃんのお耳は、どうしてそんなに長いの？」

「おまえの声をよく聞くためだよ。」

「ね、ね、おばあちゃんのお口は、どうしてそんなに大きいの？」

「おまえをガブリとやるためだよ！」

オオカミが、くわあっとおどりかかりました。みんなは、ひゃっと首をちぢめました。

お話のすじは知っているけれど、やっぱりオオカミはこわい。それに、かおる先生はがらがら声で、とてもこわそうにいうんだもの。

にんぎょうげきが終《お》わると、かおる先生は、オルガンの上に顔をのぞかせました。みんなは、手がいたくなるほどはくしゅすると、前に出ていきました。

「ね、オオカミにさわらして。すごくかっこよかった。」

ブンちゃんがいいました。

「ええ、いいわ。」

かおる先生は、ブンちゃんの手にオオカミをもたせてくれて、動《うご》かし方をおしえてくれました。

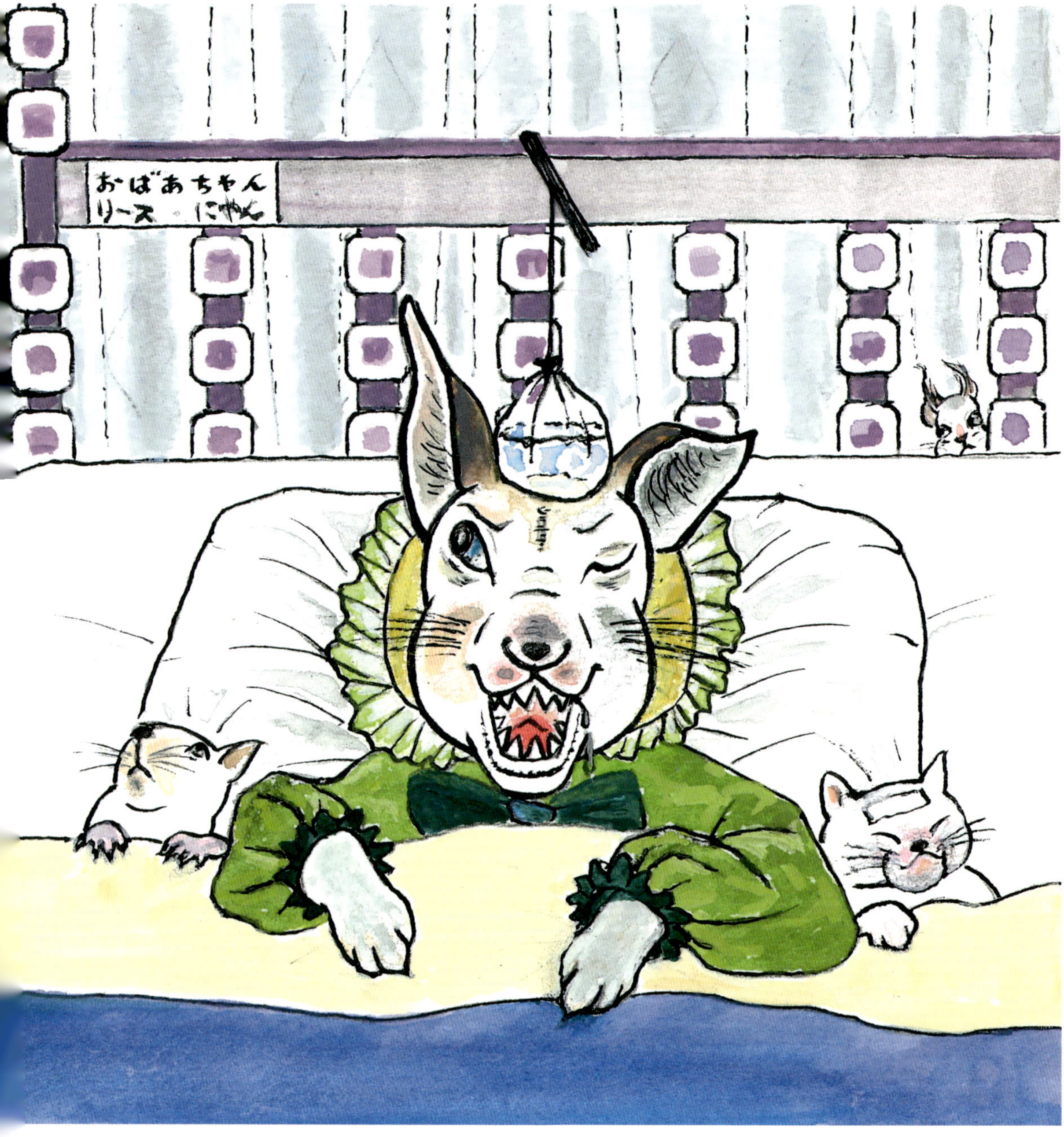
おばあちゃん
リース にゃん

ギロリとした目、ぎざぎざとがった歯《は》、赤いべろ、なかなかうまくできています。

「先生、かわいいあかずきんちゃんだった。」

しげこちゃんが、かおる先生のスカートのはしをひっぱって、いっしょうけんめいいいいました。かおる先生はうれしそうにうなずきました。

「さ、しばらくお休みしていてちょうだい。」

かおる先生は、にんぎょうをカバンにもどすと、またじゅもんをかけました。

「パー、チョキ、グーの、げんこつさん！」

ぱちんとカバンがしまりました。

みんなは、ほおっとためいきをつきました。

なんてすてきなカバンでしょう。なんてふしぎなカバンでしょう。みんなは、いっぺんにかおる先生がすきになりました。

道みち、みんなは、じゅもんをとなえあいっこしながらかえりました。

「グー、チョキ、パーの、ぱらっこぱん！」

「パー、チョキ、グーの、げんこつさん！」


朝から、雨がザカザカふっていました。

教室はうす暗《くら》く、ときどき、いなびかりがぶきみに光ります。

しげこちゃんは、かみなりがよほどこわいらしく、両手《りょうて》で耳をおさえて、つくえの下にもぐりこむようにしています。

「先生、はやくこないかな。」

ブンちゃんたちも、不安《ふあん》そうです。

かおる先生がカバンをかかえて入ってきました。みんなは、わあっとかん声《せい》をあげました。

「グー、チョキ、パーの。」

かおる先生はいって、みんなを見ました。

みんなは、いっせいにさけびました。

「ぱらっこぱん！」

ぱっとカバンがひらきました。

中から出てきたのは――ぴかぴかのまっ白のボールでした。

かおる先生は、指先《ゆびさき》にボールをのせると、くるりと一かいてんさせました。それから、黒のマジックで、「1の2」とかきました。

「みんなのボールよ。これから体育館《たいいくかん》であそびましょ。」

「やったあ！」

みんなは教室をとびだしました。

広い広い体育館です。赤と白にわかれて、ドッジボールをしました。

ガラガラピシャン！　かみなりが屋根《やね》の上で大あばれしています。

でも、みんなはへいきでした。ぴかぴかのまっ白のボールとかおる先生のえがおが、みんなをすっかり元気づけていました。しげこちゃんも、楽しそうにかけまわっています。

ブンちゃんが、ボールをエイッと投《な》げたひょうしに声をはりあげました。

「かおる先生のカバンは――」

そのボールをスパッとうけて、カッチンがさけびかえしました。

「ふしぎなカバン！」

ブンちゃんが、また声をはりあげました。「かおる先生のカバンは――」

こんどは、セイちゃんがボールをうけて、さけびかえしました。

「まほうのカバン！」

すると、みんなもうたいだしました。

「かおる先生のカバンは、ふしぎなカバン！」

「かおる先生のカバンは、まほうのカバン！」

うれしくって楽しくって、みんなは、たんたんたんと足を鳴らしました。

べんきょうが終わりました。

教室でまるつけをしていたかおる先生は、ふと顔をあげました。

みんなかえったはずなのに、だれかがろうかにいるようなのです。

かおる先生は、まるつけをやめて立ちあがりました。

すると、それはしげこちゃんでした。

「どうしたの、しげこちゃん。なにかわすれもの？」

かおる先生が声をかけると、しげこちゃんは、ぱっと顔をあからめてうつむきました。

それから、オカッパ頭をあげると、思いきったように聞きました。

「先生のカバン、ほんとにまほうのカバン？」

もちろんだわといおうとして、かおる先生はだまってしまいました。しげこちゃんがあんまりしんけんな目でかおる先生を見あげていたからです。

かおる先生は、しげこちゃんの手をひいて教室へ入ると、そっとしげこちゃんをひざの上にのせました。

「先生のカバンね、ほんとはまほうのカバンじゃないの。」

やっぱりというように、しげこちゃんはうなずきました。

「そうじゃないかなって思ったの。でも、もしかして、ほんとにまほうのカバンだったら――。」

「まほうのカバンだったら？」

「こねこちゃんを出してもらおうと思って。」

「こねこちゃん？」

「うん。まえに、まいごになって、いなくなってしまったこねこちゃん。ミャーっていうの。」

「ごめんね。まほうのカバンじゃなくて。」

雨がすっかりあがって、まどからさわやかな風が入ってきます。うらにわの、きりの木から、つつがたのうすむらさきの花が、くるくるまわりながらまいおりてきます。かおる先生もしげこちゃんも、それをだまって見ていました。

やがて、かおる先生がいいました。

「先生も、しげこちゃんと同じ、一年生なの。」

「え？」

かんじ
にほんご
にほん
さんすう
れきし
りか
やさい
こくご
たいいく
こくご

「先生の一年生。先生ね、みんなとなかよしになれるか、とても心配《しんぱい》だったの。どうしたらはやくなかよしになれるかなって、いっしょうけんめい考えたの。それで、カバンを思いついたの。」

「うふっ。」

しげこちゃんがわらいました。

「なあに、しげこちゃん。」

かおる先生が聞きました。

「まほうのカバンじゃなくても、先生のこと大すきよ。」

しげこちゃんは、ないしょ話《ばなし》をするようにいって、また、うふっとわらいました。

かおる先生は、きゅっとしげこちゃんをだきしめました。

(しげこちゃんとなかよしになれたのは、カバンのおかげだわ。すると、やっぱり、まほうのカバンかもしれない。)

かおる先生は、きりの花を見ながら思っていました。

五月になりました。みんなは、すっかり学校になれ、元気いっぱいべんきょうしたり、あそんだりしていました。

教室へ、教頭《きょうとう》先生が入ってきました。

「かおる先生がもうちょうえんで入院《にゅういん》されました。二週間ほどお休みになります。みなさんは、おりこうにしていなければなりません。」

みんなは、びっくりしました。たいへんなことになったと思いました。

その日によって、校長先生がくることもあれば、ぜんぜん知らない先生がくることもありました。また、自分たちだけでべんきょうする時間もあって、となりの組の先生がのぞきにくることもありました。でも、だれも、かおる先生のようではありません。

「かおる先生のカバンは、ふしぎなカバン。」

「かおる先生のカバンは、まほうのカバン。」

カッチンが、ぽつんとうたったときです。

「そうだ！」ブンちゃんがさけびました。

「かおる先生のおみまいにいこう。いいものをいっぱいもって。」

「すてき、すてき。」

しげこちゃんが息をはずませていいました。

みんなも、うんうんとさんせいしました。

みんなは、きゅうにいそがしくなりました。

かおる先生の顔を絵にかくという子。色紙でつるをおるという子。

ブンちゃんとカッチンとセイちゃんの三人は、紙しばいを作ることにしました。

しげこちゃんは、ほんのりいいにおいのする、うすむらさきのきりの花を集めて、かざりを作りました。手紙もかきました。

せんせ

せんせい、きりの木に　なまえをつけたよ。
せいたかさん。
せんせいが　やすんでいるあいだ、さびしくて、なんども
きりの木のしたへいったの。
きりの木を　だくようにして　みあげていたら、くもが
きりの木の　てっぺんにとまって　やすんでいくようなの。
それで、せいたかさん。
いいなまえでしょ。

教頭先生に、病院《びょういん》までつれていってもらうことになりました。
みんなが行くわけにいかないので、ブンちゃんとカッチンとセイちゃんとしげこちゃんが代表《だいひょう》して行きました。

かおる先生は、ブンちゃんたちを見ると、あ、と小さくさけんで、なきそうに顔をゆがめました。

前より色が白くなったみたいです。それに、少しやせたみたいです。

ブンちゃんが、「はい、先生」といって、みんなからのプレゼントをわたすと、かおる先生は、ありがとうといって、わらおうとしました。でも、わらい顔にはならず、すぐになみだが、みるみるふくらんできました。

しげこちゃんも、なみだがあふれそうで、じっと目を大きく見ひらいて、かおる先生の手をにぎりしめていました。

かおる先生が、カバンをかかえて、教室へ入ってきました。

「ごめんね。長いこと休んでしまって。すっかり元気になったの。」

かおる先生は、ならびのよい歯《は》を見せて、にっこりとわらいました。

「先生、よかったね！」

「ぼくたち、すごくすごく待《ま》っていたんだよ！」

みんなの声に、かおる先生は、うんうんとうなずきました。

「先生、カバン！」

ブンちゃんがさけぶと、みんなも、きらきらした目でカバンを見ました。

かおる先生は、みんなの顔を見ながら、ささやくようにいいました。

「グー、チョキ、パーの。」

みんながさけびました。

「ぱらっこぱん！」

ぱっとカバンがひらきました。

中から出てきたのは――。

あのこわい、でもすごくかっこいいオオカミと、エプロンをつけたやさしいおかあさんやぎでした。

「わかった！　オオカミと七ひきのこやぎだ！」

みんなが、いっせいにさけびました。

「ええ、でもね。」

X35

かおる先生は、いたずらっぽくわらって、みんなを見まわしました。

「七ひきのこやぎじゃなくて、オオカミと三十五ひきのこやぎよ。これからみんなが、一ぴきずつ思い思いのこやぎを作るの。それから、じゅんばんに、みんなでにんぎょうげきをするの。」

みんなが、ほおっとかおる先生を見つめていると、かおる先生は、カバンの中から、たっぷりのまっ白い紙ねんどをとりだしました。それから、きれいな色の布《ぬの》きれだの、絵のぐだの、ボンドだの。ともかく、オルガンの上は、いいものでいっぱいになりました。

「さ、ブンちゃんやぎに、カッチンやぎ、セイちゃんやぎに、しげこちゃんやぎ、クラスみんな三十五ひきのこやぎたち。できあがったら、にんぎょうげきのはじまりよ。」

みんなは、「わあっ！」とか、「ヒヤッホー」とかいいながら、かおる先生をとりかこんだのでした。

ひさこのゆうびんやさん

ひさこのゆうびんやさん

ひさこは、水ぼうそうにかかって、学校へいくことができませんでした。ねてばかりいるのもつまらないので、ひさこは、えんがわにでて、ひなたぼっこをしていました。

と、そこへ、ゆうびんやさんがやってきて、ひらりと自てん車からおりました。

「ひさこちゃん、ゆうびんですよ！」

ひさこは、びっくりして、ゆうびんやさんを見ました。

色のくろい、歯《は》のまっ白な、わかいゆうびんやさんです。

「どうしてわたしがひさこってわかったの？」

すると、ゆうびんやさんは、すましていいました。

「ゆうびんやさんは、ひょうさつをよく見てるんだよ。」

ひさこは、なんだかうれしくなって、くふふ、とわらいました。

すると、ゆうびんやさんもにっこりわらって、またひらりと自てん車にまたがりました。

うしろのに台の小《こ》づつみのあぶら紙が、きゅっとまぶしくひかりました。

＊

（きょうもあのゆうびんやさん、くるかなあ？）
ひさこが、えんがわでまっていると、
チリリンリンー
すずしいベルの音といっしょに、ゆうびんやさんが、よこの小道から、
ぴゅうんとまがってきました。
「あ、やっぱり、きのうのゆうびんやさん！」

「ひさこちゃん、いいお天気だね。きょうは、お手紙がきているよ。」

「ありがとう！　ゆうびんやさん。あのねえ、ままごとのだけど、ジュースとおかしをどうぞ。」

ひさこは、ゆうびんやさんのためにつくっておいた、おしろい花をしぼったびんとさくらそうのならんだつばきのはを、ぱっとだしました。

「やあ！」

ゆうびんやさんは、目を大きくしました。それから、びんを口のところへもっていくと、わらいたそうな顔になりながらコクンコクン、のむまねをしました。

ひさこは、水ぼうそうにかかって、学校にいけないことをはなしました。

ゆうびんやさんは、「うん、うん。」と聞いていましたが、やがて元気よくこしをあげると、いいました。

「じきになおるよ。だって、ひさこちゃんは、お日さまのにおいがぷんぷんするもの。」

えひめ
みか

こんなふうにして、ひさことわかいゆうびんやさんは、すっかりなかよしになりました。

けれど、ひさこは、一つだけ、わかいゆうびんやさんに、とても、ものたりなく思うことがありました。それは、まだいちども、ひさこの家に、小づつみをはこんできてくれないことです。

（いつもに台に、あんなに小づつみがつんであるのに、どうしてわたしの家にこないのかなあ。ゆうびんやさん、まちがえて、よその家へはいたつしているのじゃないかなあ。）

そこで、ひさこは、あるときゆうびんやさんに聞いてみました。

「あのね、ゆうびんやさん。わたしの家に、小づつみきてなあい？　やまむらってかいてある小づつみ、なあい？」

「どこかからくることになってるの？　ひさこちゃん。」

「しらないけど……。でも、おばあちゃんとこからきたっていいし、みつるちゃんの家からきたって、ふしぎじゃないもの。」

「そうか。そのうちくるかもしれないね。」

ゆうびんやさんは、やさしくわらって、ひさこの顔を見ました。


やがて夏になりました。

ひさこはすっかり元気になって、学校へかよっていました。学校にいくようになってからは、十時ごろにはいたつにくる、わかいゆうびんやさんと、あうこともありませんでした。

ある日、ひさこが学校からかえると、おかあさんが、にこにこしながら、四かくなつつみをわたしました。

「ひさこちゃん、小づつみがとどいているわよ。」

ひさこは、思わずとびあがりました。

「わあっ！　とうとうわたしの家にもきたのね。」

「はい。これもいっしょよ。」

おかあさんが、エプロンのポケットから、だいじそうに一まいのはがきをとりだしました。

ひさこは、声にだしてよんでみました。

ひさこちゃん、元気になってよかったね。
いなかの山がたから、さくらんぼをおくってきたので、
ひさこちゃんにも小づつみにしておくります。
みなさんでたべてください。

わかい　ゆうびんや
おおいし　いっぺい

「わかいゆうびんやさんからだったのねえ！」
ひさこは、さっそく、おかあさんにびんせんとふうとうをもらいました。
（うんとおれいをいわなくちゃ！　そうだ、学校のこともかこう！　だけど、ゆうびんやさんが、ゆうびんやさんにはいたつされたお手紙をもらう

なんて、おかしいかな?)
(おかあさんにわたしてもらおうかな?)
ひさこは、まっかなさくらんぼをぷくんとほおばりながら、たのしく考えました。

あとがき

絵童話『雪の日の五円だま』に所収されている短編童話の初出誌は、左記のとおりです。

「雪の日の五円だま」
　日本児童文学者協会編『すきな先生きらいな先生』（偕成社）
「かおる先生のカバン」
　愛の会創作童話集『ふしぎなけっこんしき』（児童憲章　愛の会）
「ひさこのゆうびんやさん」
　日本児童文学者協会編『コックさんは二年生』（偕成社）

各童話は、それぞれの本に所収されていて、同じ表題テーマを持った短編童話のアンソロジーです。また、それぞれの所収作品は、投稿による入選作品のみで編纂された童話たちです。殊に、「雪の日の五円だま」は、初めて書いた処女作（一九七三年、今から四十三年も前の）童話ということもあって、感慨深いものがあります。また、未だに処女作以上の童話が生まれているとはいえない？ということもあって、この作品は、私の童話創作のこころの故郷《ふるさと》のように思われて、ときどきその初心に立ち還らせられる童話です。また編集委員の一人である宮川ひろ先生からお褒めのことばをいただき、今もって忘れ難いものがあります。

そして予《かね》てから、これら三篇の作品を、なんとか絵童話にしたいという願いをもっていました。以前、ご一緒に仕事をさせていただいたことのある日本画家の三輪さゆりさんに、再度無理を申しあげたところ快く承諾していただき、願いを叶えられることになりました。ありがとうございます。因みに、三輪さゆりさんの父上―孝先生（画家）は、この度の本の助言をいただいた、吉田定一さんの恩師です。

また、本の上梓に際し、帯原稿をいただきました児童文学評論家・作家である藤田のぼるさん、ならびに出版・編集等に詩人である左子真由美さんに多くの労をおかけしました。ありがとうございます。絵童話『雪の日の五円だま』が、一人でも多くの子どもたちに、また、大人の皆さんに読んでいただけることを切に願っています。

山本　なおこ

二〇一六年　初夏

◉著者紹介◉

ぶん・山本　なおこ

（やまもと・なおこ）

「雪の日の五円だま」の背景にあるように、少女時代を雪深い立山連峰を迎ぎみる富山平野の地で過ごす。そこは詩と童話の故郷でもある。

詩集に「真夜中の一両電車」「さりさりと雪の降る日」「ねーからはーからごんぼのさきまで」「おばあちゃんの柱時計」「軋みをたてる時間」「生きるアンダンテ　カンタービレ」他。また童話に、半自伝的物語「あざみの歌」、「真夜中のビーだま」（絵・三輪さゆり）。絵本に「森のハーモニカおばさん」「先生はまじょ」「ぷうぷのプレゼント」「ウララちゃんのたんじょうび」「先生のおしりがやぶけた」等多数。エッセイに「虹のしっぽと石榴の実」がある。詩「さりさりと雪の降る日」は、教科書に掲載されている。

日本児童文学者協会、関西詩人協会、各会員。文藝誌「伽羅」同人。大阪府高石市在住。

え・三輪　さゆり

（みわ・さゆり）

東京都杉並区阿佐ヶ谷に生まれる。その地は、父・三輪孝（故）が戦後まもなく阿佐ヶ谷洋画研究所（現在の阿佐ヶ谷美術専門学校）を設立した場所でもある。

女子美術大学日本画科を卒業後、院展・春の院展に出品。フランスに渡り、レンヌ市エコール・デ・ボザールに学ぶ。帰国後、阿佐ヶ谷美術研究所所長を引き継ぐ。二〇〇一年、アート・マスターズ・スクール、日本画科主任となる。

院展においては、各国に取材旅行して人間や動物の生活風景をモチーフとしている。また個展では、「祭り」をテーマに伝統を継承しつづける神聖な行事や人々の熱気などを画面に表現している。現在、日本美術院・院友。山本との共著は二作目である。東京都三鷹市在住。

絵童話　雪の日の五円だま

ぶん・山本なおこ／え・三輪さゆり

2016 年 10 月 1 日　第 1 刷発行

発行人　左子真由美
発行所　㈱ 竹林館
〒 530-0044 大阪市北区東天満 2-9-4
千代田ビル東館 7 階 FG
Tel　06-4801-6111　Fax　06-4801-6112
郵便振替　00980-9-44593
URL http://www.chikurinkan.co.jp
印刷　㈱ 国際印刷出版研究所
〒 551-0002　大阪市大正区三軒家東 3-11-34
製本　免手製本株式会社
〒 536-0023　大阪市城東区東中浜 4-3-20

2016 Printed in Japan　ISBN978-4-86000-343-2　C8093